la llama llama rojo pijama

escrito e ilustrado por

Anna Dewdney

adaptado por Yanitzia Canetti

VIKING

VIKING
Published by Penguin Group
Penguin Young Readers Group, 345 Hudson Street, New York, New York 10014, U.S.A.
Penguin Group (Canada), 90 Eglinton Avenue East, Suite 700, Toronto, Ontario, Canada M4P 2Y3 (a division of Pearson Penguin Canada Inc.)
Penguin Books Ltd, 80 Strand, London WC2R 0RL, England
Penguin Ireland, 25 St Stephen's Green, Dublin 2, Ireland (a division of Penguin Books Ltd)
Penguin Group (Australia), 250 Camberwell Road, Camberwell, Victoria 3124, Australia (a division of Pearson Australia Group Pty Ltd)
Penguin Books India Pvt Ltd, 11 Community Centre, Panchsheel Park, New Delhi – 110 017, India
Penguin Group (NZ), 67 Apollo Drive, Rosedale, Auckland 0632, New Zealand (a division of Pearson New Zealand Ltd.)
Penguin Books (South Africa) (Pty) Ltd, 24 Sturdee Avenue, Rosebank, Johannesburg 2196, South Africa

Penguin Books Ltd, Registered Offices: 80 Strand, London WC2R 0RL, England

Llama Llama Red Pajama first published in 2005 by Viking, a division of Penguin Young Readers Group
This Spanish edition published in 2011 by Viking, a division of Penguin Young Readers Group

1 3 5 7 9 10 8 6 4 2

Copyright © Anna Dewdney, 2005
Translation copyright © Viking, a division of Penguin Young Readers Group, 2011
Translated by Yanitzia Canetti

All rights reserved

THE LIBRARY OF CONGRESS HAS CATALOGED THE ORIGINAL EDITION AS FOLLOWS:
Dewdney, Anna.
Llama llama red pajama / by Anna Dewdney.
p. cm.
Summary: At bedtime, a little llama worries after his mother puts him to bed and goes downstairs.
ISBN 978-0-670-05983-6 (hardcover)
[1. Mother and child—Fiction. 2. Bedtime—Fiction. 3. Llamas—Fiction. 4. Stories in rhyme.] I. Title.
PZ8.3.D498Ll 2005
[E]—dc22
2004025149

This edition ISBN 978-0-670-01412-5

Manufactured in China   Set in Quorum

Para mis propias llamitas,

gracias a Tracy, Denise y Deborah.

La llama Llama
rojo pijama
lee un cuento
aquí en la cama.

Un beso tierno
le da mamá.
Y muy despacio,
mamá se va.

La llama Llama
despierta está.
¡Se siente **sola**
sin su mamá!

Quiere un poco de beber.

Mamá tiene algo que hacer.

La llama Llama
rojo pijama
a su mamá
llama y llama.

Mamá dice:
—¡Espera un poquito!

Bebé Llama
canta bajito.

La llama Llama
rojo pijama
espera a mamá
sentada en la cama.

Mamá se tarda
en llegar.
Bebé se empieza
a **inquietar.**

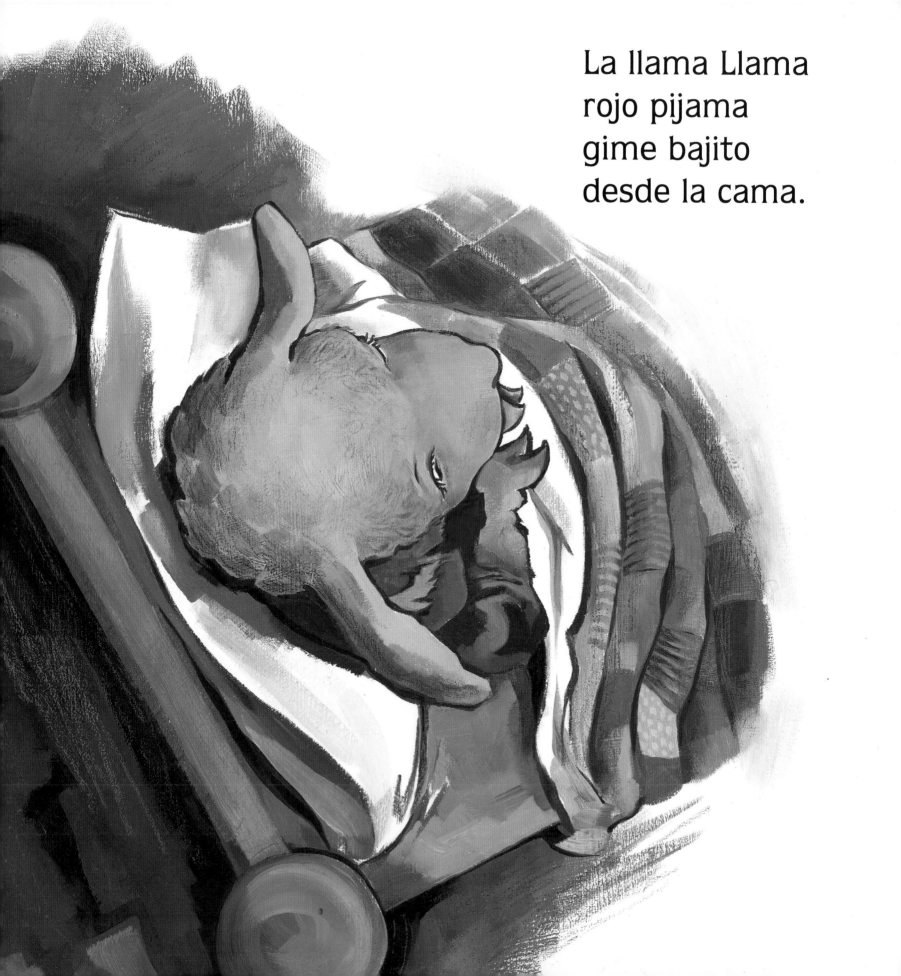

La llama Llama
rojo pijama
gime bajito
desde la cama.

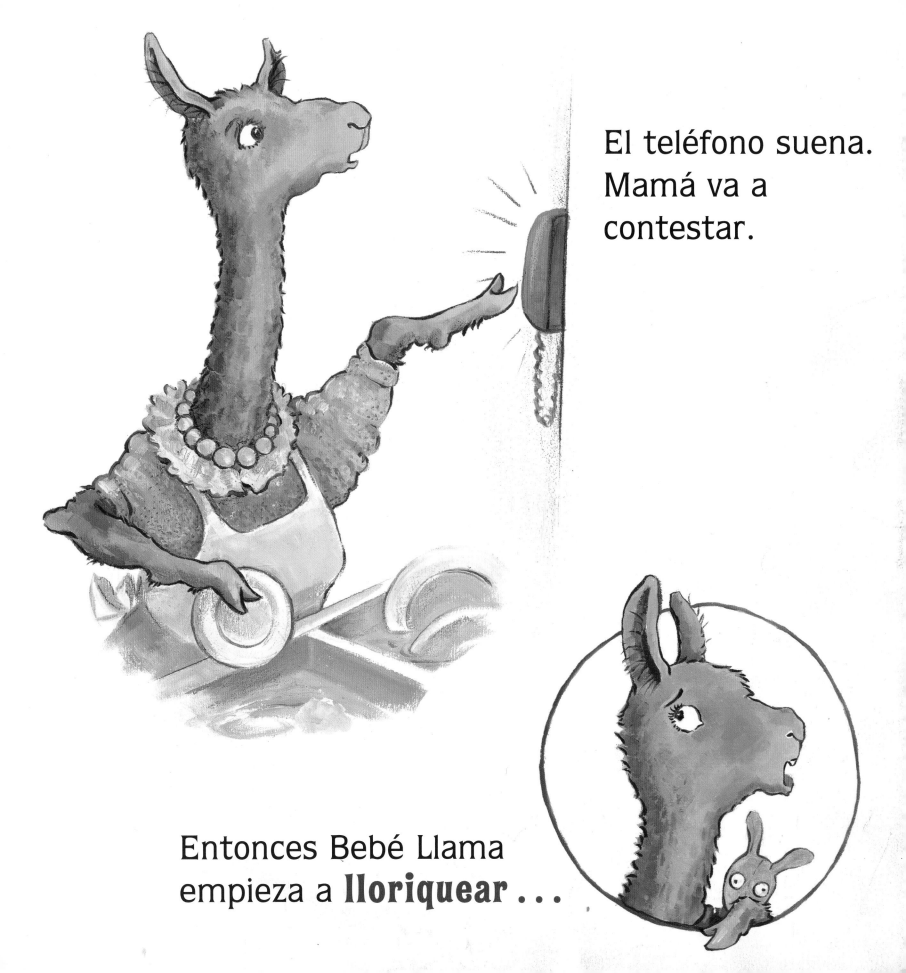

El teléfono suena.
Mamá va a
contestar.

Entonces Bebé Llama
empieza a **lloriquear** . . .

La llama Llama
rojo pijama
escucha atenta
desde la cama.

¿Y ahora qué hace Mamá?

Bebé gime
y hace ¡BUA!

La llama Llama
rojo pijama
grita bien alto
desde la cama.

Bebé Llama
patea y **patalea.**

Pega gritos,
salta y **brincotea.**

La llama Llama
en la oscuridad,
rojo pijama,
mamá no está.
Está arropada,
no se ha dormido.
¿Será que acaso mamá se ha **IDO?**

La llama Llama
rojo pijama
llora y llora
desde la cama.
¿Vendrá acaso su mamá?
—Mamá Llama, ¡VEN ACÁ!

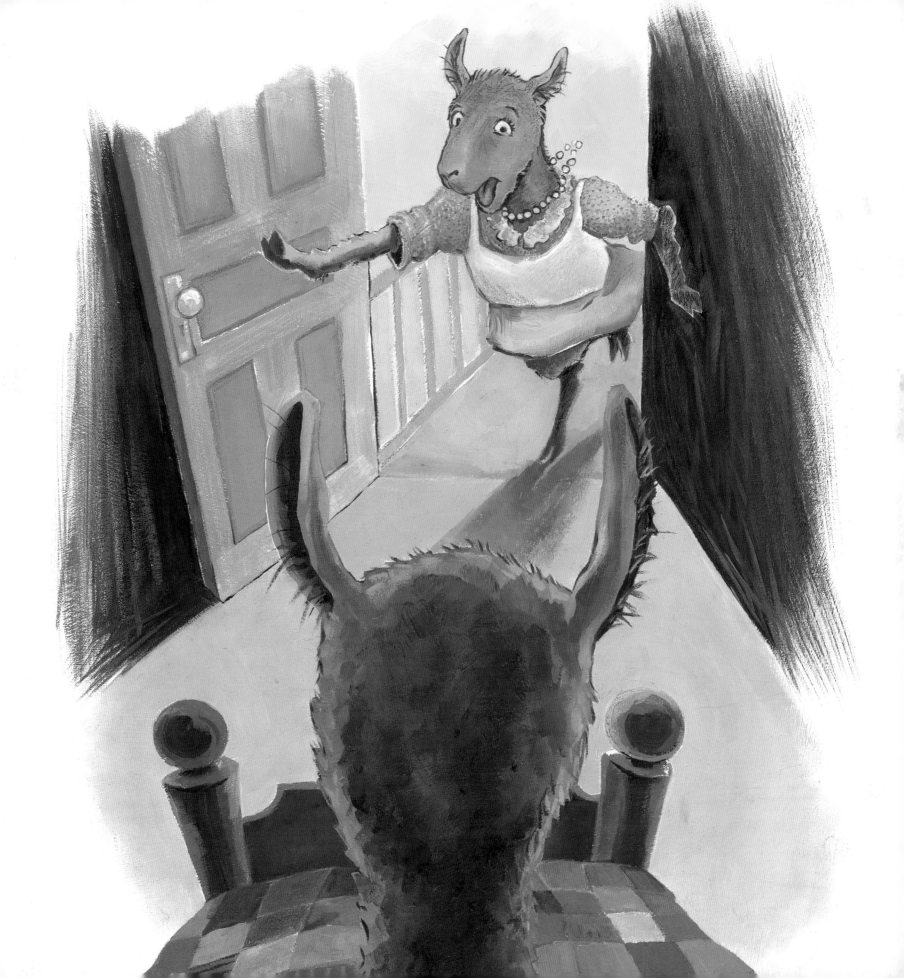

—Bebé Llama,
¡qué **malcriada!**
A veces mamá
está muy ocupada.

Deja de gritar
inmediatamente
Y, por favor,
¡sé más **paciente**!

¿Acaso no sabes,
mi pequeña Llama,
cuánto, cuánto
mamá te ama?

Mamá está contigo,
siempre será así,
aun si mamá
no está junto a **ti**.

La llama Llama
rojo pijama
recibe besos
de mamá Llama.
¡Qué suave almohada!
¡Qué rica cama!

Y al fin se **duerme**
la llama Llama.